LE PEUPLE

PAR

THÉODORE VIBERT

AUTEUR

des Girondins et de Martura

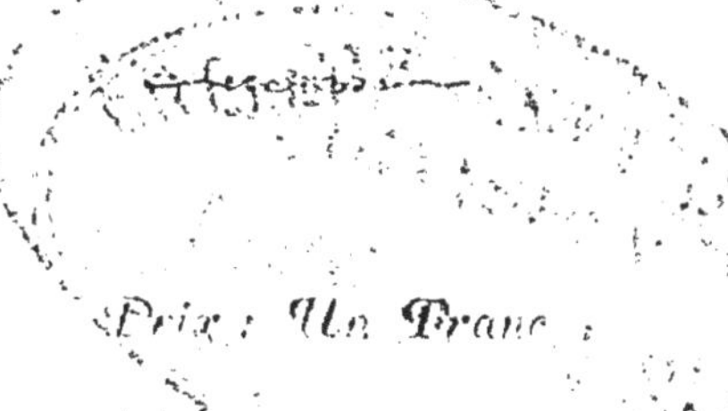

PARIS

AUGUSTE GHIO, ÉDITEUR

Palais-Royal, 1, 3, 5, 7, Galerie d'Orléans

—

1881

LE PEUPLE

Arcis-sur-Aube. — Imprimerie Léon FRÉMONT.

LE PEUPLE

PAR

THÉODORE VIBERT

AUTEUR

des Girondins et de Martura

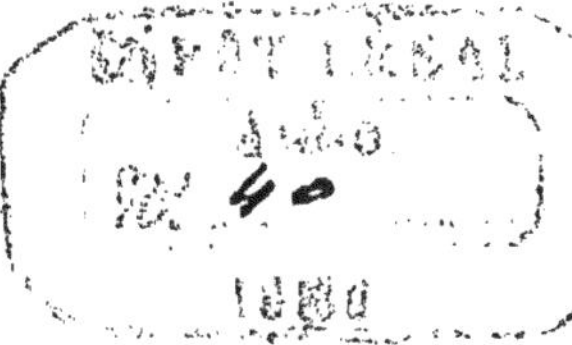

PARIS

A. GHIO, EDITEUR

Palais-Royal, 1, 3, 5, 7, Galerie d'Orléans

—

1881

A Monsieur Honoré ARNOUL

*Secrétaire Général de la Société nationale d'encouragement
au bien*

———————«⊂○⊃»———————

Vous qui connaissez si bien
Les roses de la mansarde,
C'est pour vous que je hasarde,
Ce poétique entretien !

* * *

Si vous lisez, par mégarde,
Ce drame parisien,
Songez qu'il ne serait rien,
Loin de votre sauvegarde !

* * *

Ami, qui pour le malheur,
Aux éternelles alarmes,
Avez toujours un doux pleur,

* * *

Versez encor quelques larmes,
Sur cette immense douleur
Qui vous présente les armes !

LE PEUPLE

PROLOGUE

LE RÉVEIL

— Mignonne, le soleil, aux feux de messidor,
Enfonce dans les toits des milliers de clous d'or ;
C'est fête ce matin ; si tu veux ma chérie,
Nous irons butiner tantôt dans la prairie?
— Quel bonheur ! Dans les bois, un siècle tout entier !
Une journée, heureux, laissant là, le métier :
Ton cuivre et ton burin, mon fil et mon aiguille,
Joyeux, comme en pleine eau, la frétillante anguille.
Abeilles en vacance, en un sentier désert,
Nous dînerons sur l'herbe et pour notre dessert,
Nous mangerons la fraise, au bois, par nous cueillie ;
Oui ! mais bébé, j'y pense, oh ! c'est une folie,
Il ne saurait encor, mon Henri, marcher loin.
Adieu notre beau rêve, il faut dans notre coin,
Compter, comme toujours, les noires cheminées,
A nous, notre horizon, filles de Paris, nées

Dans la haute mansarde, où nos jours, morfondus,
S'écoulent dans l'ennui de ces sommets perdus.
La fille des champs, elle, a la riche nature ;
Les arbres et les fleurs lui font une ceinture,
Pour égayer sa vue, autour de sa maison ;
Et partout mille oiseaux dans la jeune saison,
Habillent les bosquets de variés plumages,
Et jetant dans les airs leurs gracieux ramages,
En d'harmonieux chants, modulent leurs amours ;
Nous avons les moineaux, avec leurs gris atours,
Dont le piaulement endorment nos journées ;
Un océan de toits, où mille cheminées
Obscurcissent les cieux de leur sombre vapeur ;
Quand arrive le soir, on est pris de torpeur !
— Ma Pélagie, arrête, ou tu serais injuste ;
Si la tuile t'enserre au lieu du vert arbuste,
Pour tisser notre nid, tu choisis ces hauts monts,
Préférant la mansarde, où tous deux nous aimons,
Aux faubourgs populeux, où les propriétaires
Sont, de la pauvreté, les premiers tributaires !
Aussi notre palais n'abrite que rentiers,
Tous gens des plus cossus de ces nobles quartiers.
Ici, nous faisons tache, et cependant l'envie,
Dont l'âme est de désirs sans cesse inassouvie,
Riche de ton amour, ne ronge pas mon cœur,
Quand je rentre au logis, de son rire moqueur !
Tu pleures, oh ! pourquoi ? Je veux qu'à la campagne,
La joie un jour entier, tous deux nous accompagne ;
Bébé ne sait marcher, quoi, n'existe-t-il pas

Des chevaux dont le feu sait abréger nos pas ?
Même, s'il le fallait, je gagnerais le pôle,
Avec bébé, riant, assis sur mon épaule ;
Et le long de la Seine au soir en revenant,
Nous verrons les bateaux, l'un l'autre s'alternant.
— Oh ! quel gentil mari ; mon Henri, que je t'aime !
Tiens, veux-tu ce baiser ? Car mon éternel thème
Est de te dévorer. Tu le sais, mon Henri,
Vous êtes mes joyaux, toi, mon enfant chéri !
—C'est bien vrai ?... Déjeunons, vite, allons vite, Emile,
Eveille-toi, mon vieux, et sois sage entre mille ;
Nous nous promènerons tout le jour dans les bois. —
— Voilà ton bouillon chaud... Embrasse papa... bois !
Es-tu content ? — Oh ! oui ! Je cueillerai des roses !
— Embrasse bien maman de tes deux lèvres roses !
— Petite mère, viens, que je te baise encor !
Habille-moi. — Papa va te lever, trésor !
Moi, je n'ai pas le temps ! — Quel bonheur ! papa, vite !
— Patience, on y va, méchant petit lévite !
— Maman, mon pantalon ! Il est mis à l'envers !
—Tiens ! Tiens ! c'est ma foi vrai ! parbleu dans l'univers,
Chacun son métier, Dieu n'a pas fait de brioches ;
A nous les durs labeurs, à la femme les mioches !
Maman t'achèvera. — Que l'homme est maladroit :
Te voilà, mon bébé, tout remis à l'endroit.
— C'est comme Dagobert, tu sais, et sa culotte.
— Et comme lui faut-il, petit roi, qu'on te l'ôte !
Tes bottines, malheur ! il manque deux boutons.
—Les femmes n'ont jamais fini !—C'est fait.—Partons !

LE SAUVETAGE

— Tiens, mange celle-là, ton bébé l'a cueillie,
Petite maman. — Non, pour toi. — Je t'en supplie !
— Papa sera jaloux. — Oh ! je vais à son tour
Lui donner celle-ci, bien mûre et faite au tour.
— Embrasse-moi, bébé, ta fraise est succulente.....
Sous cet arbre on est bien, sans foule turbulente ;
Encadré de verdure, assis sur le gazon,
Le sang circule mieux, loin de toute maison ;
Et le chant du bouvreuil, là-haut, sur cette branche
Dore notre bonheur de sa note si franche !
Vois donc, ma Pélagie, on aperçoit là-bas,
Meudon qui pleure encor sur ses fumants grabats !
A travers le feuillage, un rayon qui se joue,
Se glisse en tapinois et caresse ta joue.
—Oh! comme ils sont heureux, ceux qui peuvent toujours,
Dans ces lieux enchanteurs, égrener leurs beaux jours !
— Ils ne savent, enfant, sentir leur allégresse ;
L'usage du bonheur en émousse l'ivresse !
Pour griser notre esprit de tout plaisir, il faut,
Par semaine, six jours, qu'il lui fasse défaut.
— De ce que papa boit, j'en aurais bien envie,
—Non mon charmant trésor; c'est trop fort, l'eau-de-vie,
Quand on est tout petit, le bon Dieu la défend.
— Oh ! je voudrais alors ne plus être un enfant !

— Va jouer. — Femme, dis, car je ne sais me taire,
Quoi donc, quand nous sortions, notre propriétaire,
Contait-il, pour que toi, dont l'œil est si riant,
Tu prisses tout à coup un air impatient ?
— Rien du tout, ce monsieur me disait des bêtises,
Je l'ai laissé bâiller, confit dans ses sottises...
Vraiment es-tu jaloux ? — Tu sais bien que jamais
Mon cœur ne s'est nourri d'aussi stupides mets ;
Ton amour c'est ma vie ; en lui, j'ai confiance !
— Henri, tu n'as pas tort d'être sans défiance.
Notre grandeur à nous, comme notre fierté,
Gît dans un amour saint fruit de la chasteté ;
S'il le fallait un jour, ainsi que ma patronne,
Dont le front brille au ciel, sous sa blanche couronne,
Pour avoir échappé, par la mort, au romain,
Cherchant à la souiller d'une impudique main,
Je saurais bien mourir pour te conserver pure,
La flamme qu'en mon cœur alluma ta droiture.
Mais il nous faut partir, les bouvreuils, les pinsons,
Vont, avec le soleil, éteindre leurs chansons.
Le vent souffle, sous bois, un murmure d'orage,
Qui vient mal à propos éprouver mon courage.
Dans les blés, l'hirondelle annonce le danger ;
Son vol prévoyant dit que le ciel va changer !
J'aurais peur à la nuit dans cette solitude ;
Il ne faut pas non plus que, pris de lassitude,
Bébé, qui court encor, tombe sous le sommeil.
— Oh ! je le porterais ; ne crains rien.... ton conseil
Est si bon, que je veux partir à l'instant même ;

En route ; allons, bébé, qui veut me suivre m'aime !
— Tiens, regarde, maman, le joli papillon,
Que je viens de cueillir, là-bas dans un sillon !
— Jette vite, bien loin, cette hideuse bête ;
L'image de la mort ricane sur sa tête !
Elle porte malheur, n'est-ce pas mon Henri !
— Folle, mais non, mais non, que ton front soit guéri
De pareils préjugés, qui dans une âme saine,
Ne doivent pas germer... — Papa, là-bas, la Seine,
Quel bonheur ! je vais voir descendre le vapeur...
Que je suis las !—Déjà ?—Viens sur mon dos, sans peur,
Mais ne dors pas surtout ! — Oh non ! tiens, une barque
Qui danse sur les eaux comme une vieille amarque ;
Courons. — Oui, mais gamin, tu ne sens pas ton poids ;
Tu pèses, le sais-tu, beaucoup plus lourd qu'un pois !
—Mon Henri, ne cours pas... Il tonne !... Oh ! pas si vite...
—Mais, ils vont se noyer ! — Son sort, qui donc l'évite ?
— Un, deux, trois, oh ! papa, les voilà tous à l'eau !
J'ai peur ! — Tiens, prends bébé, quel horrible tableau !
—Oh ! mon Henri... Ton fils !... Ton front est tout en nage !
— Veux-tu les voir mourir ?... Tu sais comme je nage !
— Va donc alors ; que Dieu prenne pitié de nous !
Il tonne !... Mon enfant, mettons-nous à genoux.
— On ne voit plus papa !... Je veux, petite mère,
Qu'il revienne... j'ai peur ! — Que cette coupe amère
S'éloigne, ô mon Jésus ! s'il mourait, je mourrais !
— Le voilà, le voilà ! Maman si je courais ?
Moi ! je veux l'embrasser, regarde il pêche un homme ;
Maman, je le connais ; c'est Pierre qu'on le nomme ;

Tu sais le grand monsieur qui vient à la maison ;
Il veut, avec papa, toujours avoir raison !
—Emile, approchons-nous ; s'il n'est pas mort, peut-être,
Pourrons-nous par nos soins le forcer à renaître,
— Mes chers petits trésors, le premier, le voilà,
Faites tout ce qu'il faut ; les deux autres sont là,
Près d'ici ; je repars, donne-moi l'eau-de-vie,
Cela réchauffe ! tiens, vite, je t'y convie,
Desserre-lui les dents afin que la liqueur,
A la vorace mort, lui dispute le cœur !...
— Maman, maman, il boit ; sa langue se remue ;
Il veut parler ! — Mon Dieu, que mon âme est émue !
Ah ! le voilà sauvé ! — Tiens ! qui m'a mis ici ?
Ce sont vous mes enfants ? C'est bien cela, merci !
Vrai, je l'échappe belle... Eh ! c'est petit Emile...
C'est madame Henri... fou !... Tout, devant moi vacille.
— Oh ! comment ferons-nous pour gagner la cité ?
— Maman, vois, un vapeur vole de ce côté.
— Hélons-le : « Par ici ! du secours, on se noie ! »
— Le corbeau disparaît : le pilote est une oie !
— Monsieur, il vient à nous. — Maman ! voici Papa !
— Il tient les deux goujons ! — Le dernier m'attrapa
Par la jambe et je crus, un instant, Pélagie,
Que tu ne pourrais plus m'aimer qu'en effigie.
Un bateau ! tout va bien ; Messieurs, prenez d'abord
Les deux derniers pêchés et menez-les à bord.
Ils ont le plus souffert... Acceptez cette fiole...
— Nous en avons, buvez. — L'autre est-il sans parole ?
— Comme une pâquerette, il rit sur le gazon.

—Tiens ! mais c'est l'ami Pierre.—Echappé de prison!...
Sur un lit de saphirs, d'émeraudes, d'opales,
Nos rêves, mon bon vieux, sont passablement pâles.-
Mon courage, sans vous, s'en allait à vau l'eau,
Comme au gré du vent fuit la feuille de bouleau !
Merci mon vieux ! — Henri, dis, est-ce que tu souffres,
D'avoir aussi longtemps combattu ces noirs gouffres ?
— Non mignonne, mais vrai, quelques instants de plus,
Et j'allais augmenter le nombre des élus !
Oubliant que l'amour encore me réclame...
Cette vieille liqueur me ressuscite l'âme.
— Le bateau nous revient, il va nous prendre tous !
— Les amis ?— Les gaillards boivent comme des loups !
—Prends-moi, papa !—je suis mouillé plus qu'une tonne,
Maman te passera. — Comme il pleut ! comme il tonne !
— De la crainte de l'eau, la Seine m'a guéri !
Le ciel peut se vider, qu'en pensez-vous Henri ?
Quand on a comme nous humé la vague blonde,
Qu'à l'instar des poissons, l'on a dormi sous l'onde,
C'est avec un plaisir âpre, mystérieux
Que l'on offre son front aux douces eaux des cieux !
C'est ainsi qu'un rameau qui, sous l'orage, pleure,
Tressaille d'allégresse au zéphir qui l'effleure !

LA MÉDAILLE

— Nourri de ta substance, ainsi qu'un pâle gui,
Depuis un an bientôt, que mourant, j'ai langui,
Il me semble renaître, en cette après-dinée :
Je voudrais dans l'oubli noyer ma destinée :
Le bonheur d'autrefois disparu sans retour,
Notre épargne roulant, dans le gouffre, à son tour,
Goutte à goutte, emportant, sur les ailes du songe,
Le pain de nos vieux jours... Le bonheur ! quel mensonge !
Nos vieux jours ! Oh ! pour moi, je suis bien convaincu,
Que sous terre avant peu, glacé, j'aurai vécu !
Et je vous léguerai l'effroyable misère !
Je la vois, je la sens, hâve, qui vous enserre,
De ses muscles noueux, chaîne qui désormais
Etreindra vos deux cœurs, qu'en mon cœur j'enfermais,
Comme en son coffre-fort, passion qui l'égare
Pour sauver ses joyaux, les enferme, l'avare !
Oh ! pourquoi, Pélagie, aux bras de l'hôpital,
Ne m'as-tu pas légué, depuis ce jour fatal,
Où sortant refroidi de la vague glacée,
Dans les réseaux du mal ma chair fut enlacée ?
La cruelle misère, aux yeux étincelants,
Ne consumerait pas vos cœurs, vos fronts tremblants !
Le travail nuit et jour, inexorable lime,
T'use l'âme et le corps, pauvre femme sublime !

Tu t'épuises en vain... — Ne parle pas ainsi !
Te voir à l'hôpital et moi pleurer ici !
Mon époux adoré, j'ai vécu de ta joie,
Quand la main du malheur sur ton front se déploie,
Je t'abandonnerais ! Mes pas fuiraient tes pas !
Suis-je vile à ce point ? Oh ! tu n'y songes pas !
Pourquoi d'un crêpe noir voiler cette journée,
Où, ta noble action doit être couronnée ?
Ecoute les bravos qui viennent sur ton nom,
De retentir là-bas comme un coup de canon !
Tiens, vois-tu, c'est Emile et de quelle âme fière
Il reçoit ta médaille, au bras de l'ami Pierre !
Bientôt il va venir avec ceux qu'au tombeau
Tu ravis en mettant notre joie en lambeau !
— Tu veux que je sois gai, quand le mal qui me mine
Me conduit à la mort où trop lent je chemine,
Quand je vous vois tous deux, pâles, exténués,
Du gain de mon travail chaque jour dénués,
Quand mon enfant chéri, jadis si frais, si rose,
Aujourd'hui languissant, sombre, abattu, morose,
Ne trouve pas toujours à mettre sous la dent
Le pain qui le rendait agile, fier, ardent.
Quand tantôt nos amis, la chose est trop notoire,
Auront mon dénûment pour fêter la victoire !
Quand le propriétaire, avant midi demain,
Comme une âpre sangsue aura tendu la main !
— Henri, sois rassuré ; ris à ces deux bouteilles,
A ces biscuits... — Ce sont les affres de tes veilles :
Oh ! chère ange adorée, en buvant ce Mâcon,

Nos amis sauront-ils combien chaque flacon
Renferme dans ses flancs de larmes désolantes ?
— Sois heureux, mon Henri, que les douleurs soient lentes,
Ce soir, à revenir torturer ton chevet ;
C'est tout ce que mon cœur endolori rêvait !
J'entends sur le palier notre enfant qui s'élance ;
Oh ! sois gai, mon Henri ! les voilà tous, silence ! —
— Oui, je veux faire honneur à ton apprêt touchant ;
Va ! je serai joyeux comme un soleil couchant !
— Est-il levé, papa ?... Maman, de la galette,
Un poulet, du jambon, du vin... noce complète.
Quel régal aujourd'hui ! — Qui t'a donné cela ?
— Messieurs Pierre, Félix, Barthélemy, voilà !...
Papa que je t'embrasse ! Oh ! donne Monsieur Pierre,
La médaille à papa... Regarde petit père,
La belle dame blanche, elle tient à la main
Une couronne... — Amis, quand le sort inhumain
M'aura couché là-bas loin de tous ceux que j'aime
Ce joyau que je dois à votre amitié même,
Il faudra le suspendre à la croix du tombeau !
— Henri, laissons cela ; chaque jour un lambeau
De notre vie à tous disparaît dans l'abîme ;
Tous, à la mort, **un jour**, nous payons notre dîme ;
Vous n'en êtes pas là ; vous guérirez demain,
Et nous voulons encor longtemps presser la main
Qui nous a tous les trois rendus à la lumière,
Quand la voix de la mort, couchée en la rivière
Nous prodiguait déjà des appels si pressants
Que nous avions perdu, près d'elle, tous nos sens !

2.

Il faut nous amuser, mettons-nous vite à table.
Rions de la Fortune et de sa roue instable...
Henri, donnez le pain ! — Mais nous n'en avons pas...
Je n'avais point prévu... ce généreux repas...
Nous avions pour fêter un peu sa récompense...
Ces flacons, ces biscuits... Et nos amis, je pense,
Voudront bien pardonner mon maladroit oubli...
Un instant... — Pardonner ? Pour n'avoir pas rempli,
Jusqu'au bout notre tâche et nous trouver en faute !
Que je suis sot ! Félix, de cette cage saute,
Léger pinson qu'il est, au vol accéléré,
Et nous revient bientôt avec un pain doré.

— J'y cours : Prompt messager de votre gourmandise.
— Petit père chéri, veux-tu que je te dise
Comment le Monsieur fut au Cirque bien gentil ?
Il me prit dans ses bras : « Ton papa, me fit-il,
« Possède une grande âme, au devoir asservie ;
« Pour sauver trois Français, il a risqué sa vie.
« La patrie est heureuse en ce jour solennel,
« De poser sur son cœur ce joyau fraternel.
« Sur la route du bien, rompant toutes limites,
« Enfant, il faut aussi, que plus tard tu l'imites. »
Me donnant ta médaille il me baisa le front.
— Amis, voici le pain ; eh bien ! ai-je été prompt ?
— Bravo ! soyons joyeux ; nous causerons à table,
Mais avant tout, buvons, en ce jour délectable,
A la santé d'Arnoul comme à celle d'Henri,
Si nous devons à l'un de n'avoir pas péri,
L'autre a récompensé le courageux mérite.

Le pays tout entier de ce bienfait hérite.
Si l'homme vertueux trouve, en son propre cœur,
Le prix qui l'encourage à se rendre vainqueur,
De l'égoïste instinct, à la figure blême,
Qui le fait replier lâchement sur lui-même,
Quand sur un noble front le sacrifice a lui,
Il est beau que la France ait le regard sur lui !

LE TERME

— Dans la chambre à côté, la lèvre purpurine,
Mon mari sur son lit s'éteint de la poitrine ;
S'il vous pensait ici, je ne répondrais pas,
Qu'une affreuse douleur n'avançât son trépas ;
Ne parlez pas si haut, Monsieur, je vous en prie !
— Laissons-là, s'il vous plait, cette plaisanterie.
Il nous faut en finir... Votre regard moqueur,
Depuis assez longtemps, a bafoué mon cœur.
Pour la troisième fois, votre œil me fait, au terme,
En amoureux transi, poser comme un vieux Terme.
Mais je me suis promis de n'être plus joué,
Par le sournois calcul de votre esprit roué.
Retournant dans mon sein une funeste lame,
Chaque jour, vous riez de mon ardente flamme.
C'est fini, je le jure ; il me faut votre amour,
Ou je me vengerai ! Chacun aura son tour !
—Monsieur Gontran, comment, quand mon mari succombe,
Quand la jalouse mort, déjà creuse sa tombe,
Quand mon enfant chéri, dévoré par la faim,
Tous les jours un peu plus, dépérit... Quand enfin,
Dans ce logis glacé, la vorace misère
Chante notre agonie et de ses bras nous serre,
Voulez-vous que l'amour fasse fleurir mon cœur ?
—Mais, malheureuse enfant, sachez, d'un mot vainqueur,

De votre bouche aimée, en rosée enivrante,
Revifier mon sang, mon âme délirante,
Tout mon or à vos pieds roulera trop heureux
De chasser à jamais vos rêves douloureux !
— Conservez vos trésors : Il faut que moi je garde
L'honneur que mon époux, dans mon cœur, mit en garde.
Quand la mort de son doigt brisera nos liens
Que je serai couchée, au tombeau, près des miens,
Vous pourrez à plaisir assouvir votre envie.
— Bravo ! Moquez-vous bien, vous torturez ma vie !
Je ne sais pas pourquoi je vous ménage ainsi,
Quand après tout la loi vous met à ma merci !
La griffe de l'huissier, comme sa procédure
Saura bien assouplir, ce soir, cette âme dure.
— Vous ne le ferez pas. Vous n'êtes pas méchant,
Il vous faut réprimer un funeste penchant.
Ayez pitié de nous ! Oh ! je vous en supplie !
Plus tard nous vous paîrons. — Quelle est cette folie !
Vos promesses !... Allons ! belle enfant c'est assez !
De l'or ou de l'amour... Ou demain entassés
Vos chiffons, par l'huissier, s'en iront à la rue,
Epaves de misère, y joindre leur recrue.
On jettera dehors cet époux adoré :
Et son tombeau c'est vous qui l'aurez préparé !
Vous l'aimez, ah ! vraiment ! Lorsque, de votre bouche,
Un seul mot peut couvrir d'allégresse sa couche !
— C'est horrible, monsieur ! d'imaginer cela !
Oh ! Pitié ! J'en mourrai ! Vous n'avez donc pas là,
Dans votre cœur glacé, quelque chose qui songe

A l'horreur, dites-moi, de cet affreux mensonge?
Etes-vous lâche assez ? Espérez-vous ainsi
Me faire, dans vos bras, échouer sans merci ?
Quelle infamie ! Ah ! Dieu ! Laissez-là cette tâche !
Si vous étiez vainqueur, une éternelle tache
Ternirait votre front, en polluant le mien ;
Si vous étiez vaincu, vous n'y perdriez rien ;
En jetant au pavé notre pauvre poussière,
La honte couvrirait votre existence entière.
Ayez pitié de nous. Ah ! soyez généreux
Quelques jours et la mort de son bras douloureux
Nous ouvrira, Monsieur, bientôt la délivrance !
Accordez-nous un mois ? — J'accueille l'espérance,
Mais ne me trompez pas. Je changerais de ton.
Tigre je deviendrais de stupide mouton !
Tenez, vous vous moquez, j'en ferais la gageure !
— Non ! Quand viendra la mort, à vous je suis, je jure !
C'est notre lot à nous, pauvres fleurs du pavé,
Au char de vos plaisirs notre corps est rivé !
De quel droit nos penchants voudraient-ils être austères !
Nous devons assouvir le feu de vos artères !
A vous, tous les trésors; à nous, tous les malheurs ;
Vous récoltez l'amour; nous moissonnons des pleurs !
— C'est très-bien, mais je veux, ma belle amie, un gage ;
Un baiser, autrement, comme un sot, je m'engage !
— Lâche ! respectez-moi, mère, je suis encor,
Le sépulcre n'a pas de son morne décor,
Pour le froid sacrifice assez paré sa proie ;
La martyre n'est pas prête pour la lamproie !

—*Maman! viens-tu? J'ai faim!*—Monsieur comprenez-vous
Ce qui me fait tomber pleurante à vos genoux?
Avez-vous bien saisi cette parole amère?
« *J'ai faim!* » que notre joie hélas est éphémère!
— Vous voulez trente jours? Qu'il vous soit fait ainsi,
Mais à la fin du mois, vous me verrez, ici,
Précédé de l'huissier réclamant l'échéance...
— Qui sonnera le glas de notre déchéance !

LE SUICIDE

— Depuis un mois, en vain, de maison en maison,
J'ai frappé! L'on m'a dit : « C'est la froide saison ! »
Mon fils est mort de faim et sa tête engourdie,
Repose sur sa couche, à jamais refroidie !
Par son mal emporté, mon Henri, pour les cieux,
Vient d'échanger ce monde horrible, vicieux.
Depuis trois jours entiers, pas de pain, pas d'ouvrage,
Mais dans mon cœur brisé gronde une sourde rage,
Un désespoir affreux qui me glace les sens !
Je les entends toujours ces lugubres accens,
De mon enfant chéri se tordant sur sa couche :
« *Maman, j'ai faim !* » rien, rien pour endormir sa bouche!
Oui ! Tout ! Vous entendez ! Mes pauvres ornements,
Ma bague, mes habits ; tout ! Jusqu'aux vêtements,
Que mon Henri portait aux jours de notre joie ;
Oui ! Tout est mis en gage ; Oh ! mon être se broie !
Plus rien ! Ah si ! J'ai vu, pour le malheur, fruit mûr,
La médaille d'Henri suspendue à ce mur :
Non ! Jamais ! C'est sacré ! Cent fois plutôt la tombe !
—« *Maman ! j'ai faim !* »—Seigneur, que sur moi le ciel tombe!
Ma main va la ravir !... Les yeux de mon mari
Ont enchaîné mon bras, au vol, mal aguerri !...
Pardonne à ma faiblesse ! — Oh! va, dit-il, cher ange,
Obtiens un peu de pain, si tu peux en échange !

J'avais rêvé qu'un jour, sur le sol, où la mort,
M'ouvrira dès ce soir l'eau tranquille du port,
Ce joyau conterait les douleurs de ma vie,
Le Seigneur a blâmé cette égoïste envie !
La main du prêtre seule est assez pour mourir.
Va le chercher. — Je veux ne faire que courir.
Mais je ne vendrai pas ainsi ta récompense,
C'est sacré ! Je l'engage, et si Dieu me dispense
Encore quelques jours, je veux la retirer !...
J'embrasse mon enfant... Ses yeux viennent serrer
Mon cœur se débattant, en feu, dans ma poitrine...
Comme ils sont abattus ! Oh ! comme sa narine
A ce mat de la mort que je n'avais pas vu !...
Hélas le coup affreux, que ma peur a prévu,
Va-t-il broyer ce corps qui faiblement soupire ?
« *Maman, j'ai faim !* » Seigneur est-il un enfer pire
A celui qu'ici-bas, mères, nous endurons ?
Je me sauve en tremblant... Je vois sur tous les fronts
Frissonner la pitié du malheur qui me broie...
A l'église je prie... Et je porte ma proie
Au Marais ; en voyant la médaille d'argent
L'employé me confond d'un regard outrageant !
Et de ces mots cruels froidement me terrasse :
—« Cela ? C'est sans valeur, remportez-le. » — De grâce !
— « Ici, l'on ne prend pas au-dessous de trois francs.
Le bijoutier vous en donnera deux. » — Errants
Mes pas ont divagué, sans connaître leur route :
Est-ce qu'il est un Dieu ? Mon cœur fond sous le doute.
Deux francs ! Oh ! C'est la vie ! Allons chez l'horloger ;

Mais ce serait un crime ! Ah ! Mon fils doit manger !
Pardonne, Henri !... Mon doigt tremblant ouvre la porte :
En voyant les habits délabrés que je porte,
Un commis dédaigneux dit en montrant la main :
— « Que faites-vous ici ? Passez votre chemin ! »
— Je veux vendre cela, vous l'achetez sans doute.
— « Vous l'avez donc volé ? Filez, car je redoute
« De voir les mendiants, si près de mon comptoir ! »
— Honteuse, je m'enfuis, trébuchant au trottoir :
Oh ! cette idée affreuse, en mon âme ingénue,
« *Vous l'avez donc volé !* » ne m'était pas venue !
Hélas la pauvreté serait-elle un drapeau ?
N'est-on jamais voleur sous un riche oripeau ?
Ah ! mon cœur se déchire ! En voyant ma guenille,
J'ai fait à ce commis l'effet d'une chenille,
En quête d'un repas, sans payer son écot,
Promenant sa laideur sur l'or d'un abricot !
Que je souffre, grand Dieu ! Ma douleur est immense ;
Je sens mon front craquer aux coups de la démence.
Ah ! deviendrai-je folle ?... Il faut à la maison,
Que j'apporte du pain et non la déraison !
Je mendirai plutôt ; j'y songe, monsieur Pierre,
Ou l'un de ses amis, entendra ma prière ;
Ils sont bons, généreux ; s'il faut tendre la main,
Mieux vaut chez eux qu'ailleurs, et ce soir que demain ;
Hâtons-nous, car la mort, ce terrible manœuvre,
Dans mon pauvre logis, achèverait son œuvre.
Déception farouche, ils ne sont pas chez eux !
J'aurais dû le penser, l'espoir était oiseux !

Et de nouveau, je suis errante dans la rue ;
Ma dernière espérance, en pleurant, disparue !
Il me faut mendier ! Qui donc eût supposé
Que, sous mes pas, l'abîme, ainsi se fût creusé !
Oh ! Qu'il est loin le temps où, joyeuse et pimpante,
Je foulais de Meudon l'harmonieuse pente !
Où la main dans la main, mon époux, mon Henri,
Promenait avec moi notre bébé chéri !...
Ah ! C'est pour mon enfant : C'est pour lui que j'affronte
Les regards méprisants, le dédain et la honte.
Vingt passants, près de moi, courent indifférents,
Ou dardent à mon front des regards dévorants,
Qui me font deviner que chacun se maîtrise,
Pour ne pas dire haut combien il me méprise,
D'oser si jeune encor, sans pudeur, mendier !
Fuyons... Pour mon enfant, il faut m'humilier !
Mais hélas, c'est en vain !... Lentement, le temps roule ;
Et bientôt tout espoir en ricanant s'écroule...
Personne n'est touché de mon profond chagrin.
Si l'on lisait mon cœur, est-il un cœur d'airain,
Qui voudrait refuser, au lieu de me proscrire,
A mon âme affaissée, un généreux sourire ?...
Mais une idée affreuse, épouvantable éclair,
Qui sillonne, l'embrase et qui déchire l'air,
Pénétre mon esprit comme une ardente lame,
Elle me mord, me broie et me dévore l'âme !...
Si, chez Monsieur Gontran, je fauchais mon honneur,
Je cueillerais pour eux la vie et le bonheur !
L'obole qu'on refuse aux vertus malheureuses,

Toujours on la prodigue aux vices des coureuses !
Il faut que notre front pour être secouru,
Sous les fleurs de l'opprobre, ait, souillé, disparu !
L'*autre* m'attend, allons, c'est demain l'échéance !
En avançant d'un jour ma sombre déchéance,
Emile aura du pain, mon Henri doucement
S'éteindra bercé par mon avilissement.
Quel horrible calice !... Oh ! Jamais ! Que la tombe,
S'entr'ouvre sous mes pas et que, froide, j'y tombe !...
Mais mon enfant se meurt !... Oh ! C'est affreux cela !
Le Christ qui pour nous tous, pantelant, s'immola,
A-t-il ainsi souffert dans sa sombre agonie ?
La mort de mon Emile... ou bien l'ignominie !
Dans ce vaste Paris, à l'esprit inhumain,
Pas un seul être ému, qui me tende la main !
O Jésus ! Dieu d'amour, qui voyez ma détresse,
Eloignez de mes pas la honte qui se dresse,
Les yeux brûlants d'éclairs, pour couronner mon front,
Rampant, humilié, d'un éternel affront !...
Je ne sais pas si Dieu, touché par ma prière
Voulut, quelques instants, embraser ma paupière,
D'un chaud rayon d'espoir, feu de soleil couchant,
Fêté par le pinson, le soir, d'un dernier chant,
Mais, une blonde enfant, une ange gracieuse,
Me dit de cette voix pure, délicieuse,
Plus douce mille fois qu'un doux rayon de miel,
Que nos songes d'enfant ont entendue au ciel :
—« Vous avez faim, madame, et votre âme est meurtrie ? »
—Pas moi, c'est mon fils ; moi, la douleur m'a nourrie.

— « Oh ! Je ne suis pas riche ; et ne gagne que peu,
« Tenez, prenez cela... pour votre enfant... Adieu ! »
— Et me donnant deux sous, cette ange de la rue
Se perdit dans la foule, étoile disparue,
Sans attendre les vœux, dont mon cœur attendri,
Couronnaient son beau front, pour mon bébé chéri !
Comme je bénissais sa divine assistance !
Du bouillon et du pain ! Oh ! mais c'est l'existence,
Encore pour un jour donnée à mon enfant...
De crainte, de douleur, d'espérance étouffant,
Je revole à mon nid, rompue, exténuée !...
Henri?... Mon enfant ?... Morts !... Une sombre nuée,
Au milieu des éclairs, passe devant mes yeux !
Oh ! C'est l'enfer après avoir rêvé les cieux !...
Je roule sur le sol.   .   .   .   .

  .   .   .   .

  .   .   .   .

  .   .   .   .   Ah ! Que ne suis-je morte !...
Combien suis-je restée ainsi de cette sorte ?...
La douleur et la vie en m'étreignant encor,
Me peignent d'un coup d'œil l'effroyable décor.
Mon mari conservait ce visage indicible,
Qui disait la douceur de son front impassible ;
Mais mon Emile, lui, dévoré par la faim,
Effrayantes, contait les affres de sa fin !
Mes anges adorés, je vous suis dans la tombe ;
La mort peut me marquer pour sa noire hécatombe !...
Je n'ai pas de charbon... mais n'est-il qu'un chemin
Pour enfin échapper au sort trop inhumain ?

Pauvre fauvette en deuil, n'ai-je pas la fenêtre!...
Mourir et les revoir! Oh! n'est-ce pas renaître?...
Pourrais-je respirer, sans amour, sans appui...
Dans les bras de la mort mon bonheur s'est enfui !...
La douleur a scellé ma sombre destinée...
Mais que vois-je là-bas, blanc, sur la cheminée?
Un franc?... Qu'en s'en allant le prêtre aura placé,
Emu du dénûment de ce logis glacé !
Il était donc venu... Deux parts de ma fortune
Me permettront d'ouvrir une route opportune,
Où je pourrai voguer vers mes amours chéris...
Et de voir l'*immortelle* orner leurs fronts maigris !
Prêtre, je te bénis.   .   .   .   .

.   .   .   .

.   .   .   .

.   .   .   . De ce fourneau, la flamme,
Emblème de la vie au ciel que je réclame,
Allumera bientôt le phare du bonheur,
Vers lequel voguera sans tache mon honneur ;
Et quand, impitoyable en son amour féroce,
L'*autre* réclamera son échéance atroce,
A son aise il pourra savourer le plaisir
De contempler ce front, objet de son désir!...
Oh! Tout autour de moi, chaque chose chancèle ;
Comme ma tête est lourde.. Ah! que ma main dans celle
De mes amours chéris, se glace doucement...
Ma patronne pardonne... Ah! que ton jugement,
Sur ma faiblesse indigne, ah! ne soit pas sévère...
Je te vois.. Tu souris... Ton œil, que je révère,

Caresse tendrement mes regards affaissés...
Il me fallait mourir... Mes pas se sont lassés !...
— « C'est mal de se tuer, c'est être sans courage,
« L'incorruptible fleur sait affronter l'orage !
« Si foudroyants que soient, sur ses jours, les éclairs;
« Et son pistil vainqueur se dresse dans les airs !
« Jadis j'ai dû pour fuir la romaine infamie,
« Sur le sein de la mort, librement endormie,
« Conquérir une palme au tribunal divin ;
« Mais toi, pauvre brebis, ton sacrifice est vain !
« Des combats de la vie, affligeantes victimes,
« Les liens, en s'en allant, te permettaient, sans crimes,
« D'obtenir, quelque jour, la palme du vainqueur ! »
— Je suis perdue ! Oh ! Dieu ! — « Non, écoute le chœur
« Des anges du Très-Haut, qui chantent sur leur lyre,
« Tes combats, tes douleurs, ton amour, ton délire :
« Ils disent le pardon qu'aux pleurs de ton mari,
« Qu'aux soupirs désolés de ton enfant chéri,
« Le Seigneur a semé, dans sa munificence,
« Sur le dernier faux-pas de ta frêle innocence ! »

* * *

— Chaste rose de mai, sans regret, viens à nous,
Abandonne en mourant la tige désolée ;
Qu'aux célestes accords, ton âme inconsolée,
Vole, au pied du Seigneur, le prier à genoux.

* * *

Au bonheur des élus, l'Eternel te convie :

Douce fleur embrasée, aux feux de thermidor,
Au son des chants divins, dans ses balances d'or,
Pour connaître ton cœur, il a pesé ta vie !

* * *

Il a vu ton beau corps, haletant, éperdu,
Sous les baisers brûlants des foudres de l'orage,
Fuyant du noir destin l'irrésistible outrage,
Dans les bras de la mort, se débattre, tordu !

* * *

Il écoute les pleurs du fruit de ta tendresse,
Que ronge à belles dents l'insatiable faim,
Pour sa mère oubliant les affres de sa fin,
Implorer sur ton front une éternelle ivresse !

* * *

Il a vu ton époux, victime de son cœur,
Dans un de ces combats, qui font taire l'envie,
Pour ses frères, mourant, en leur rendant la vie,
Déposer, sur ton sein, sa palme de vainqueur !

* * *

Ah ! ne frissonne plus, frêle rose brisée,
Qui toujours t'abreuvas sur la terre, de fiel,
Viens au milieu de nous, aux saints parvis du ciel,
T'imprégner, à jamais, de divine rosée !

* * *

ÉPILOGUE

LA SAISIE

— Mais savez-vous, mon cher, que depuis ce matin,
La cloche a beau chanter de son ton argentin ;
« Que, brûlant papillon, je suis à me morfondre, »
Mon cher maître Bagon, vous l'entendrez se fondre,
Avant de voir la porte ouverte devant nous.
La rose a ri de moi ; tombant à mes genoux
Elle avait tout promis... Mais cela n'est pas drôle...
Elle me fait jouer le plus étrange rôle...
Petite, rira bien qui rira le dernier !
Je ne céderai pas, mon cher, un seul denier ;
Sans mes écus comptants, une bonne saisie,
Viendra par votre soin punir sa frénésie !
— D'accord, je le veux bien, puisque c'est mon devoir ;
Je ne suis pas, ici, payé pour m'émouvoir !
Ni mes recors non plus, mais la porte fermée
Réduit notre désir en maussade fumée ;
A moins que la police, à votre voix, venant,
Ne se fasse l'écho de votre ennui sonnant.
— J'y compte vraiment bien ; j'ai fait le nécessaire ;
Avec un serrurier, voici le commissaire...
Je les entends... — Erreur ! — Je ne le pense pas...

— Ecoutez, ils sont trois qui martèlent leurs pas.
— Alors, ainsi que nous, ils vont faire une pose.
— Pardon, Messieurs. — Ici, vous venez, je suppose?
— Parbleu ! — L'on n'entre pas. Et sans être devin,
Vous allez comme nous carillonner en vain !
L'on devait aujourd'hui, l'échéance venue,
Solder une promesse, à grand peine, obtenue.
La belle m'a joué. — Non, mais un grand malheur
A frappé nos amis rongés par la douleur.
La femme, dans le jour, au lointain domicile
De chacun de nous, vint, pour un sujet facile,
D'après votre discours, hélas ! à deviner !
C'était un cri d'alarme !... On se sent frissonner.
La fortune, chez nous, rien qu'à la dérobée,
Grande dame qu'elle est, ne s'est jamais courbée,
Rarement son cœur d'or, père de nos plaisirs,
Comme de nos douleurs, répond à nos désirs ;
Mais ce que nous avons, jusqu'au dernier centime,
Pour calmer leurs chagrins est leur bien légitime.
— Bravo ! C'est parler d'or. Vous êtes généreux...
Aussi je me rassure et... vous paîrez pour eux !...
Oh ! mais j'entends monter... C'est enfin la police.
Sachons si c'est malheur ou bien si c'est malice !
— Voilà, messieurs, voilà. Par votre messager,
Sachant qu'un accident devait se présager,
J'ai voulu qu'un docteur, de rare conscience,
Puisse nous éclairer des feux de la science.
Vous avez attendu, j'en suis bien désolé ;
Mais l'heure est une femme, elle a vite volé ;

Et dans notre métier nous avons tant à faire,
Que pour nous, être à l'heure, est une grande affaire !...
Voici la porte ouverte ; entrons dans ce logis !
Quelle odeur de charbon ! Ah ! messieurs, je rougis,
Chaque fois qu'un de nous, oublié du courage,
Contre son propre sang tourne sa froide rage.
La mort a fait son œuvre, entre ces murs étroits ;
C'est horrible ! Voyez, dans ce bouge, ils sont trois :
La femme, le mari, tout près d'eux, ce bel ange !
De lâcheté, d'horreur, quel atroce mélange !
Docteur, apprenez-nous quel infâme chemin
Cet homme a parcouru, pour que sa froide main,
Obéissant au cri d'une âme délirante,
Ait, lâche, dans la mort, farouche, dévorante,
Ainsi précipité sa femme, son enfant !
Sans que les tendres pleurs, le rire triomphant
De ce paisible agneau, n'eussent été capables
D'enchaîner un instant ses désespoirs coupables !
— Ah ! de grâce, arrêtez, avant de le juger,
Il faut de notre ami, savoir interroger,
L'âme, l'esprit, le cœur et la noble nature.
Tenez, regardez, là, sur cette couverture,
Cette pâle médaille aux glorieux reflets,
A-t-elle mérité vos rigoureux soufflets ?
Si vous voyez la mort, ici, dévergondée,
Ah ! c'est que le malheur hideux l'a fécondée !
Contemplez ce bouillon, sur le sol, répandu,
Ce pain que nulle dent encore n'a mordu ;
Ces couronnes pleurant, sur les deux morts placées,

Ces mains jusqu'en la mort tendrement enlacées ;
Cette femme vêtue ; étendus dans leur lit
Ces fronts où la douleur écrasante se lit !
Tout vous indique enfin quelque effroyable drame,
Dont seuls nous, ses amis, nous devinons la trame !
— Ces messieurs ont raison, après mûr examen,
La science m'a dit que dans ce froid hymen
De la lugubre mort et de ces créatures,
L'enfant a succombé dans d'affreuses tortures ;
Le père s'est éteint sous les griffes d'un mal
Qui ne pardonne pas, tant il est anormal !
Par ce rare désastre, abattue, affolée,
La mère est descendue au tombeau, désolée.
— Alors, pourquoi ce pain ? — Elle n'aura trouvé
Qu'hier soir seulement cet aliment rêvé !
Et trop tard revenue à son nid de mésange
D'où s'était envolé dans le ciel son doux ange,
Par le sort foudroyée elle a vu le destin,
Se rire, froid, moqueur de son pauvre festin !
— Puisque vous dites vrai, commençons la saisie,
Cher huissier, dédaignons la sotte fantaisie
De cette gueuse-là, qui, depuis quinze mois,
A plongé mes esprits dans de rudes émois.
Allons, faites votre œuvre. — Ah ! ce triste courage
D'accroître de la mort l'épouvantable ouvrage,
Monsieur, dites-le nous, non, vous ne l'aurez pas ;
Vous n'ajouterez point aux affres du trépas !
—Pourquoi donc s'il vous plait ? Est-ce qu'en cette affaire,
Mon intérêt ne sait, vrai Dieu, ce qu'il doit faire ?

—Eh bien ! puisqu'il le faut, puisqu'on peut sans remord,
Souiller ces cœurs brisés jusqu'aux bras de la mort !
Ah ! respectez au moins sa noble récompense,
Ce prix de notre vie ; ah ! vrai, Monsieur, j'y pense,
Cela serait pour vous plus qu'une indignité,
Si vous poussiez, si loin, votre froide âpreté ?
Hélas, je m'en souviens, un jour de sombre rêve,
Comprenant que son mal, lentement, mais sans trève,
Le menait sûrement aux larves du tombeau,
De sa gloire voulant emporter un lambeau,
Il nous fit tous jurer, de greffer sur la terre
Où son cœur dormirait, croyait-il, solitaire,
Cette épave sacrée, enfant de sa valeur,
Survivant glorieuse à son affreux malheur !
Non ! vous ne voudrez pas, trompant son espérance,
Prouver dans l'âpreté tant de persévérance !
— Baliverne, mon cher ; il me faut de l'argent ;
Et je serai compris de l'homme intelligent,
Ou bien cette médaille, à mon profit, vendue,
Avec ce mobilier se verra confondue !
Et quels meubles, grand Dieu ! Tout au mont-de-piété,
En dépit de mes droits depuis longtemps porté,
Prouve de ces coquins les calculs malhonnêtes,
Encore quelques jours... ces chambres étaient nettes.
— Ce bijou vaut deux francs, nous vous en offrons dix !
— Vous êtes fou, mon cher, de nouveau je le dis :
Il m'en est dû cent vingt ; un modique centime
Ne sera pas distrait de mon droit légitime ;
Ou tout, comprenez bien, tout, de ces tristes lieux,

Honteux, ira sombrer à la face des cieux,
Un jour, déshonoré, par l'enchère publique,
Où vous pourrez vous-même acheter la relique.
—Nous vous donnons cent francs, nous n'avons que cela !
Nous sommes ouvriers !... — Que me dites-vous là ?
Je vous trouve plaisant, cher Monsieur, que m'importe ;
La dette tout entière ou, le diable m'emporte,
Cette médaille ira, de cet intérieur,
Jeter ses derniers feux, à la voix du crieur !
— Acceptez notre bourse et pour la différence,
Notre parole est bonne... — Allons donc, l'espérance ?
Finissons-en, mon cher... Je ne vous connais pas !
— Eh bien ! Monsieur Gontran, devant ce grand trépas,
Moi-même habitué, chaque jour, à la tombe,
A mener sans pâlir la lugubre hécatombe,
Je me sens remué, je vous offre mon nom !
Le refuserez-vous ? — Oh ! mon cher docteur, non...
Mais l'huissier et ses frais...—Messieurs, moi j'en fais grâce !
— Ah ! Docteur, votre main, il faut que je l'embrasse !
— Attendrissez-vous tous !. . Pour moi j'ai mon argent,
La fortune sourit à l'homme intelligent !

OUVRAGES DE THÉODORE VIBERT

—

EDMOND REILLE, roman philosophique, 2 vol., in-8, Paris, Dentu. 1856. Epuisé.

LES GIRONDINS, poème épique national, en douze chants, 1 vol. in-8, Paris, Vannier. 1860 (3e édit. en 1866. Epuisée).

LES QUATRE MORTS, poème en quatre parties : la mort du *Christ*, la mort de *Louis XVI*, la mort de *Napoléon*, et la mort de *Voltaire*, brochure in-12. — Paris, Vannier. 1865 (3e édit. Epuisée).

RIMES D'UN VRAI LIBRE-PENSEUR, poésies diverses, in-8, suivies des satires gauloises. Paris, Ernest Leroux, 1876. — 3 fr. 50. Médaille d'argent en 1875 pour les ouvrages précédents, décernée par l'Institut Confucius de France (Bordeaux).

MARTURA, poème. — Paris, Ghio, Palais-Royal, 1879. — 1 fr.

LES QUARANTE. — Suivis des Guêpes, nos Ecoles, Fantaisies, etc. — Sonnets. Paris, Ghio, Galerie d'Orléans, 1, 3, 5, 7, 1880. — 2 fr.

LE CONSEILLER RENAUD. — Paris, Ghio, 1880. — 1 fr.

Médaille d'honneur décernée en 1880 aux ouvrages précédents, par la Société nationale d'encouragement au bien (Paris).

LE DROIT DIVIN DE LA DÉMOCRATIE, étude philosophique et sociale. Paris, Ghio, 1881. — 3 fr. 50. Médaille d'honneur décernée à cet ouvrage, le 22 mai 1881, par la Société nationale d'encouragement au bien (Paris).

———

OUVRAGES DE PAUL VIBERT

—

LA DÉMOCRATIE IMPÉRIALE, brochure, in-32. — Paris, Lachaud, 1874. — 15 c.

SONNETS PARISIENS, avec traduction en regard en Sonnets italiens. édition de luxe, 1880. — Paris, Ghio, Palais-Royal et Naples, Largo Trinita Maggiore, 21 p. p. — 1 fr.

ARSÈNE THÉVENOT, sa vie, ses œuvres, étude biographique. — Paris, A. Chérié, 1877. — 60 c.

AFFAIRE SARDOU, mémoire à la presse, Paris, A. Ghio, Galerie d'Orléans, 1, 3, 5, 7, Palais-Royal, 1880. — 1 fr.

SONNETS PARISIENS, tendresse, caprices, etc. 1875-1878-1879. — 3e édition. — Paris, Ghio, 1880. Ces différents ouvrages ont obtenu trois médailles; une en argent du Cercle Bellini (Palerme), une d'or du Collège International de Milan, et la 3e aussi en or, du Circolo Promotore Partenopea.

Pour Paraître

L'AFFAIRE, comédie en trois actes, traduction de L. Holberg, par Alfred Flinch et Paul Vibert.

CHEZ LE MÊME ÉDITEUR

9 782019 707514